Galinha Cega

Copyright © 2003 do texto: Fernão Baeta Vianna de Guimaraens e Liliana Vianna de Guimaraens
Copyright © 2003 das ilustrações: Nelson Cruz
Copyright © 2003 da edição: Editora DCL

DIRETOR EDITORIAL	Raul Maia Junior
EDITOR DE LITERATURA	Vitor Maia
EDITORIA	Daniela Padilha
ASSISTÊNCIA EDITORIAL	Áine Santos
ELABORAÇÃO DE GLOSSÁRIO E BIOGRAFIA DE JOÃO ALPHONSUS	Eloísa Aragão
REVISÃO	Ana Paula Ribeiro
	Christina Lucy Fontes Soares
	Bruna Baldini de Miranda
CAPA, PROJETO GRÁFICO E ILUSTRAÇÕES	Nelson Cruz
DIAGRAMAÇÃO	Vinicius Rossignol Felipe
IMPRESSÃO E ACABAMENTO	Arvato Bertelsmann

Texto em conformidade com as novas regras ortográficas do Acordo da Língua Portuguesa

Dados Internacionais de Catalogação na Publicação (CIP)
(Câmara Brasileira do Livro, SP, Brasil)

Alphonsus, João, 1901-1944.
Galinha cega / João Alphonsus ; ilustrações Nelson Cruz. —
São Paulo : Editora DCL, 2003. — (Coleção ciranda de contos)

ISBN 978-85-7338-785-8

1. Contos – Literatura infantojuvenil I. Cruz, Nelson. II. Título.
III. Série.

03-1966   CDD – 028.5

Índices para catálogo sistemático:

1. Contos : Literatura infantil   028.5
2. Contos : Literatura infantojuvenil   028.5

1ª edição

Editora DCL
Rua Manuel Pinto de Carvalho, 80 – Bairro do Limão
CEP 02712-120 – São Paulo/SP
Tel.: (0xx11) 3932-5222
www.editoradcl.com.br

Conto de
João Alphonsus

Ilustrações de
Nelson Cruz

Galinha Cega

Na manhã sadia, o homem de barbas poentas, entronado na carrocinha, aspirou forte. O ar passava lhe dobrando o bigode ríspido como a um milharal. Berrou arrastadamente o pregão molengo:

– Frangos BONS e BARATOS!

Com as cabeças de mártires obscuros enfiadas na tela de arame, os bichos piavam num protesto. Não eram bons. Nem mesmo baratos. Queriam apenas que os soltassem. Que lhes devolvessem o direito de continuar ciscando no terreiro amplo e longe.

– Psiu!

5

Foi o cavalo que ouviu e estacou, enquanto o seu dono terminava o pregão. Um bruto homem de barbas brancas na porta de um barracão chamava o vendedor cavando o ar com o braço enorme.

Quanto? Tanto. Mas puseram-se a discutir exaustivamente os preços. Não queriam por nada chegar a um acordo. O vendedor era macio. O comprador, brusco.

– Olhe esta franguinha branca. Então não vale?

– Está gordota... E que bonitos olhos ela tem. Pretotes... Vá lá!

O homem de barbas poentas entronou-se de novo e persistiu em gritar pela rua que despertava:

– Frangos BONS e BARATOS!

Carregando a franga, o comprador satisfeito penetrou no barracão.

– Olha, Inácia, o que eu comprei.

A mulher tinha um eterno descontentamento escondido nas rugas. Permaneceu calada.

– Olha os olhos. Pretotes...

– É.

– Gostei dela e comprei. Garanto que vai ser uma boa galinha.

– É.

No terreiro, sentindo a liberdade que retornava, a franga agitou as penas e começou a catar afobada os bagos de milho que o novo dono lhe atirava divertidíssimo.

• • •

A rua era suburbana, calada, sem movimento. Mas no alto da colina, dominando a cidade que se estendia lá embaixo cheia de árvores no dia e de luzes na noite. Perto havia moitas de pitangueiras a cuja sombra os galináceos podiam flanar à vontade e dormir a sesta.

A franga não notou grande diferença entre a sua vida atual e a que levava em seu torrão natal distante. Muito distante. Lembrava-se vagamente de ter sido embalaiada com companheiros mal-humorados. Carregavam os balaios a trouxe-mouxe para um galinheiro sobre rodas, comprido

Galinha Cega — João Alphonsus

e distinto, mas sem poleiros. Houve um grito lá fora, lancinante, formidável. As paisagens começaram a correr nas grades, enquanto o galinheiro todo se agitava, barulhando e rangendo por baixo. Rolos de fumo rolavam com um cheiro paulificante. De longe em longe as paisagens paravam. Mas novo grito e elas de novo a correr. Na noitinha sumiram-se as paisagens e apareceram fagulhas. Um fogo de artifício como nunca vira. Aliás ela nunca tinha visto um fogo de artifício. Que lindo, que lindo. Adormecera numa enjoada madorna...

Viera depois outro dia de paisagens que tinham pressa. Dia de sede e fome.

Agora a vida voltava a ser boa. Não tinha saudades do torrão natal. Possuía o bastante para sua felicidade: liberdade e milho. Só o galo é que às vezes vinha perturbá-la incompreensivelmente. Já lá vinha ele, bem elegante, com plumas, forte, resoluto. Já lá vinha. Não havia dúvida que era bem bonito. Já lá vinha... Sujeito cacete.

O galo – có, có, có – có, có, có – rodeou-a, abriu a asa, arranhou as penas com as unhas. Embarafustaram pelo mato numa carreira doida. E ela teve a revelação do lado contrário da vida. Sem grande contrariedade a não ser o propósito inconscientemente feminino de se esquivar, querendo e não querendo.

...

– A melhor galinha, Inácia! Boa à beça!
– Não sei por quê.
– Você sempre besta! Pois eu sei...

— Besta! Besta, hein?

— Desculpe, Inácia. Foi sem querer. Também você sabe que eu gosto da galinha e fica me amolando.

— Besta é você!

— Eu sei que eu sou.

...

Ao ruído do milho se espalhando na terra, a galinha lá foi correndo defender o seu quinhão, e os olhos do dono descansaram em suas penas brancas, no seu porte firme, com ternura. E os olhos notaram logo a anormalidade. A branquinha – era o nome que o dono lhe botara – bicava o chão doidamente e raro alcançava um grão. Bicava quase sempre a uma pequena distância de cada bago de milho e repetia o golpe, repetia com desespero, até catar um grão que nem sempre era aquele que visava.

O dono correu atrás de sua branquinha, agarrou-a, lhe examinou os olhos. Estavam direitinhos, graças a Deus, e muito pretos. Soltou-a no terreiro e lhe atirou mais milho. A galinha continuou a bicar o chão desorientada. Atirou ainda mais, com paciência, até que ela se fartasse. Mas não conseguiu com o gasto de milho, de que as outras se aproveitaram, atinar com a origem daquela desorientação. Que é que seria aquilo, meu Deus do céu? Se fosse efeito de uma pedrada na cabeça e se soubesse quem havia mandado a pedra, algum moleque da vizinhança, ai... Nem por sombra pensou que era a cegueira irremediável que principiava.

Também a galinha, coitada, não compreendia nada, absolutamente nada daquilo. Por que não vinham mais os dias luminosos em que procurava a sombra das pitangueiras? Sentia ainda o calor do sol, mas tudo quase sempre tão escuro. Quase que já não sabia onde é que estava a luz, onde é que estava a sombra.

Foi assim que, certa madrugada, quando abriu os olhos, abriu sem ver coisa alguma. Tudo em redor dela estava preto. Era só ela, pobre, indefesa galinha, dentro do infinitamente preto; perdida dentro do inexistente, pois que o mundo desaparecera e só ela existia inexplicavelmente dentro da sombra do nada. Estava ainda no poleiro. Ali se anularia, quietinha, se fanando quase sem sofrimento, porquanto a admirável clarividência dos seus instintos não podia conceber que ela estivesse viva e obrigada a viver, quando o mundo em redor se havia sumido.

15

Porém, suprema crueldade, os outros sentidos estavam atentos e fortes no seu corpo. Ouviu que as outras galinhas desciam do poleiro cantando alegremente. Ela, coitada, armou um pulo no vácuo e foi cair no chão invisível, tocando-o com o bico, pés, peito, o corpo todo. As outras cantavam. Espichava inutilmente o pescoço para passar além da sombra. Queria ver, queria ver! Para depois cantar.

As mãos carinhosas do dono suspenderam-na do chão.
– A coitada está cega, Inácia! Cega!
– É.
Nos olhos raiados de sangue do carroceiro (ele era carroceiro) boiavam duas lágrimas enormes.

. . .

Religiosamente, pela manhãzinha, ele dava milho na mão para a galinha cega. As bicadas tontas, de violentas, faziam doer a palma da mão calosa. E ele sorria. Depois a conduzia ao poço, onde ela bebia com os pés dentro da água. A sensação direta da água nos pés lhe anunciava que era hora de matar a sede; curvava o pescoço rapidamente, mas nem sempre apenas o bico atingia a água: muita vez, no furor da sede longamente guardada, toda a cabeça mergulhava no líquido, e ela a sacudia, assim molhada, no ar. Gotas inúmeras se espargiam nas mãos e no rosto do carroceiro agachado junto do poço. Aquela água era como uma bênção para ele. Como a água benta, com que um Deus misericordioso e acessível aspergisse todas as dores animais. Bênção, água benta, ou coisa parecida: uma impressão de doloroso triunfo, de sofredora vitória sobre a

desgraça inexplicável, injustificável, na carícia dos pingos de água, que não enxugava e lhe secavam lentamente na pele. Impressão, aliás, algo confusa, sem requintes psicológicos e sem literatura.

Depois de satisfeita a sede, ele a colocava no pequeno cercado de tela separado do terreiro (as outras galinhas martirizavam muito a branquinha) que construíra especialmente para ela. De tardinha dava-lhe outra vez milho e água, e deixava a pobre cega num poleiro solitário, dentro do cercado.

Porque o bico e as unhas não mais catassem e ciscassem, puseram-se a crescer. A galinha ia adquirindo um aspecto irrisório de rapace, ironia do destino, o bico recurvo, as unhas aduncas. E tal crescimento já lhe atrapalhava os passos, lhe impedia o comer e beber. Ele notou mais essa miséria e, de vez em quando, com a tesoura, aparava o excesso de substância córnea no serzinho desgraçado e querido.

20

21

Entretanto, a galinha já se sentia de novo quase feliz. Tinha delidas lembranças da claridade sumida. No terreiro plano ela podia ir e vir à vontade até topar a tela de arame, e abrigar-se do sol debaixo do seu poleiro solitário. Ainda tinha liberdade – o pouco de liberdade necessário à sua cegueira. E milho. Não compreendia nem procurava compreender aquilo. Tinham soprado a lâmpada e acabou-se. Quem tinha soprado não era da conta dela. Mas o que lhe doía fundamente era já não poder ver o galo de plumas bonitas. E não sentir mais o galo perturbá-la com o seu có-có-có malicioso. O ingrato.

...

Em determinadas tardes, na ternura crescente do parati, ele pegava a galinha, após dar-lhe comida e bebida, se sentava na porta do terreiro e começava a niná-la com a voz branda, comovida:

– Coitadinha da minha ceguinha!

– Tadinha da ceguinha...

Depois, já de noite, ia botá-la no poleiro solitário.

· · ·

De repente os acontecimentos se precipitaram.

· · ·

– Entra!

– Centra!

A meninada ria a maldade atávica no gozo do futebol originalíssimo. A galinha se abandonava sem protesto na sua treva à mercê dos chutes. Ia e vinha. Os meninos não chutavam com tanta força como a uma bola, mas chutavam, e gozavam a brincadeira.

O carroceiro não quis saber por que é que a sua ceguinha estava no meio da rua. Avançou como um possesso com o chicote que assoviou para atingir umas nádegas tenras. Zebrou carnes nos estalos da longa tira de sola. O grupo de guris se dispersou em prantos, risos, insultos pesados, revolta.

. . .

– Você chicoteou o filho do delegado. Vamos à delegacia.

. . .

Quando saiu do xadrez, na manhã seguinte, levava um nó na garganta. Rubro de raiva impotente. Foi quase que correndo para casa.

– Onde está a galinha, Inácia?

– Vai ver.

Encontrou-a no terreirinho, estirada, morta! Por todos os lados havia penas arrancadas, mostrando que a pobre se debatera, lutara contra o inimigo, antes deste abrir-lhe o pescoço, onde existiam coágulos de sangue...

Era tão trágico o aspecto do marido que os olhos da mulher se esbugalharam de pavor.

– Não fui eu não! Com certeza um gambá!

– Você não viu?

– Não acordei! Não pude acordar!

Ele mandou a enorme mão fechada contra as rugas dela.

A velha tombou nocaute, mas sem aguardar a contagem dos pontos escapuliu para a rua gritando: – Me acudam!

...

Quando de novo saiu do xadrez, na manhã seguinte, tinha açambarcado todas as iras do mundo. Arquitetava vinganças tremendas contra o gambá. Todo gambá é pau-d'água. Deixaria uma gamela com cachaça no terreiro. Quando o bichinho se embriagasse, havia de matá-lo aos poucos. De-va-ga-ri-nho. GOSTOSAMENTE.

De noite preparou a esquisita armadilha e ficou esperando. Logo pelas 20 horas o sono chegou. Cansado da insônia no xadrez, ele não resistiu. Mas acordou justamente na hora precisa, necessária. À porta do galinheiro, ao luar leitoso, junto à mancha redonda da gamela, tinha outra mancha escura que se movia dificilmente.

. . .

Foi se aproximando sorrateiro, traiçoeiro, meio agachado, examinando em olhadas rápidas o terreno em volta, as possibilidades de fuga do animal, para destruí-las de pronto, se necessário. O gambá fixou-o com os olhos espertos e inocentes, e começou a rir:

– Kiss! kiss! kiss!

(Se o gambá fosse inglês, com certeza estaria pedindo beijos. Mas não era. No mínimo estava comunicando que houvera querido alguma coisa. Comer galinhas, por exemplo. Bêbado.)

O carroceiro examinou o bichinho curiosamente. O luar, que favorece os surtos de raposas e gambás nos galinheiros, era esplêndido. Mas apenas tocou-o de leve com o pé, já simpatizado:

– Vai embora, seu tratante!

O gambá foi indo tropegamente. Passou por baixo da tela e parou olhando para a lua. Se sentia imensamente feliz o bichinho e começou a cantarolar imbecilmente, como qualquer criatura humana:

– A lua como um balão balança!

A lua como um balão balança!

A lua como um bal...

E adormeceu de súbito debaixo de uma pitangueira.

Glossário

A TROUXE-MOUXE: é o mesmo que dizer que alguma coisa é feita sem ordem, de um jeito qualquer.

AÇAMBARCAR: quer dizer concentrar. Ainda tem o significado de adquirir com exclusividade em prejuízo de outra pessoa, monopolizar.

ADUNCO: curvo ou de formato curvilíneo. Também pode significar em forma de gancho.

ASPERGIR: é o mesmo que espargir. Igualmente é um verbo bastante empregado com o sentido de lançar água benta.

ATÁVICO: quer dizer de nascença, o que é transmitido por características biológicas, de geração para geração, de pais para filhos.

Cacete: que causa aborrecimento, tédio. Também significa chato, enjoado, maçante.

Carreira: é o mesmo que uma corrida bem rápida. Existem algumas expressões com esta palavra. Por exemplo: dar uma carreira, que quer dizer sair correndo, em disparada. Ou também fazer carreira, que é o mesmo que ser reconhecido e promovido a novas funções em uma profissão.

Centrar: na linguagem usada no futebol, quer dizer chutar em direção à grande área do time adversário. Também pode ter o significado de fixar, determinar o centro, pôr no centro de algum espaço ou lugar.

Córneo: formado por massa óssea ou calosa, assim como o corno ou chifre de certos animais.

Delido: é o mesmo que apagado, desfeito, dissolvido, diluído.

Embarafustar: entrar de modo confuso em algum local; adentrar com ímpeto, desordenadamente.

Espargir: ato de espalhar, ou derramar, ou respingar um líquido. É comum o uso quando se diz que um padre ou religioso, em certas cerimônias, borrifa água benta nos fiéis.

Fanar(-se): quer dizer perder as esperanças. Também existe o significado de murchar, como acontece a uma planta ou a uma flor.

Flanar: significa andar sem rumo, passear livremente sem preocupação, perambular, vaguear. A origem do verbo é da língua francesa (flâner).

Gamela: vasilha de madeira ou barro. Normalmente, possui tamanhos diversos. Seu formato é parecido ao de uma bacia, em que a boca é maior que o fundo e, em geral, é usada para dar comida a animais.

Lancinante: agudo, intenso, desesperador. Ainda pode significar o que causa dor por pontadas, ou picadas, ou fisgadas.

Madorna: sonolência provocada por alguns tipos de doença, ou por grande cansaço, apatia, forte desânimo. Há outras formas variantes desta palavra, de mesmo significado: madornice, madorra, modorra.

Parati: bebida alcoólica concentrada feita a partir da fermentação do caldo de cana. Os nomes mais conhecidos são cachaça, aguardente ou pinga.

Pau-d'água: quer dizer bêbado, alcoólatra, embriagado, beberrão.

Paulificante: é o mesmo que dizer que algo ou alguém aborrece ou é aborrecido. Também pode ter o significado de chato, maçante, enjoado.

Poento: quer dizer poeirento, o que está cheio ou coberto de poeira. Também existe um sentido figurado que quer dizer antigo ou ultrapassado. Exemplo: Marcos comprou roupas modernas e se desfez de suas antigas, poentas.

Pregão: grito que vendedor ambulante usa ao anunciar suas mercadorias. Igualmente é utilizado para vender objetos ou mercadorias em leilão e em feiras livres. Os corretores da bolsa de valores também o empregam quando oferecem em voz alta suas propostas de negócios.

Pretote: é uma das formas de chamar de preto, só que em menor grau, no diminutivo. Em geral, usa-se mais o diminutivo pretinho.

Quinhão: porção destinada a alguém em uma divisão. Ainda tem o significado de ser a cota que cada pessoa ou familiar deve receber de uma herança. Além disso, pode significar destino, sorte.

Raiado: é o mesmo que listado, que tem traços ou riscas, mesclado.

Rapace: que tira alguma coisa que pertence a outra pessoa, que assalta ou rapina.

Surto: é um aparecimento de modo bem rápido, ou arrancada, ou impulso.

Tombar nocaute: cair ao levar um soco forte. No boxe, ocorre nocaute quando um lutador cai ao ser golpeado ou não consegue se erguer por um período mínimo de dez segundos.

Tropegamente: quer dizer com dificuldade, com movimentos lentos e pesados, de modo cambaleante. Isso pode acontecer em razão de a pessoa estar bêbada ou por outro motivo, como algum problema de saúde.

Zebrar: é o mesmo que cobrir de listas. O significado do verbo está ligado à palavra zebra em virtude do pelo desse animal ser todo listado.

João Alphonsus

João Alphonsus de Guimaraens nasceu dia 6 de abril de 1901 na cidade de Conceição do Serro (atual Conceição do Mato Dentro), em Minas Gerais.

Seu pai era o poeta Alphonsus de Guimaraens e sua mãe, dona Zenaide Silvina de Guimaraens.

Na cidade de Mariana, foi uma professora particular quem deu aula ao menino em seus estudos primários. Dos 13 aos 17 anos, ainda nessa cidade, estudou em um seminário. Nesse tempo seu pai dava-lhe aulas de literatura francesa.

A partir dos 17 anos, passou a viver em Belo Horizonte, onde começou a cursar Medicina; porém, acabou formando-se em Direito. Ainda estudante, foi funcionário público na Secretaria das Finanças. Trabalhou também no *Diário de Minas*, jornal de Belo Horizonte, no qual chegou a ocupar o cargo de redator-chefe. Nesse jornal colaboraram outros escritores como Carlos Drummond de Andrade, Emílio Moura e Pedro Nava. Na companhia desses jovens literatos, João Alphonsus participou ativamente do movimento Modernista, na década de 1920.

Aos 30 anos, publicou seu primeiro livro de contos, *Galinha Cega*, obra que recebeu críticas favoráveis em todo o país.

João Alphonsus faleceu aos 43 anos, em Belo Horizonte. Seus contos estão entre os mais elogiados de nossa literatura.

Nelson Cruz

Autodidata em desenho, estudei pintura por dois anos no ateliê da pintora Esthergilda Menicucci, em Belo Horizonte, onde nasci. Atualmente moro e trabalho na cidade de Santa Luzia, que fica a 25 quilômetros da capital mineira. Desde os anos 1970, sou pintor e ilustrador. Trabalhei na imprensa de minha cidade publicando ilustrações, caricaturas e participei de salões de humor pelo Brasil. Comecei a ilustrar livros em 1988, alguns de minha autoria, e fui indicado pela FNLIJ (Fundação Nacional do Livro Infantil e Juvenil) ao prêmio Hans Christian Andersen de ilustração, promovido pela IBBY (International Board on Books for Young People), da Suíça, no ano de 2002. Desde que vi o primeiro desenho de humor, identifiquei-me com essa forma de expressão e procurei explorar suas possibilidades. Experimentei a colagem, a aquarela e, finalmente, adotei a tinta acrílica como técnica de pintura. Em *Galinha Cega*, de João Alphonsus, adorei e adotei a personagem do carroceiro. Brusco e rude, ele sensibiliza-se com os seres indefesos. Por isso quis fazer dele um gigante; coloquei nele a cor mais vibrante, o vermelho, para que se destacasse e reinasse, durante toda a história, ao lado de sua galinha cega. Ao final, ele revela-se e surpreende pela capacidade de perdoar, deixando aos leitores a lição de um coração manso; mesmo que ao seu redor os acontecimentos estejam tingidos de vermelho.